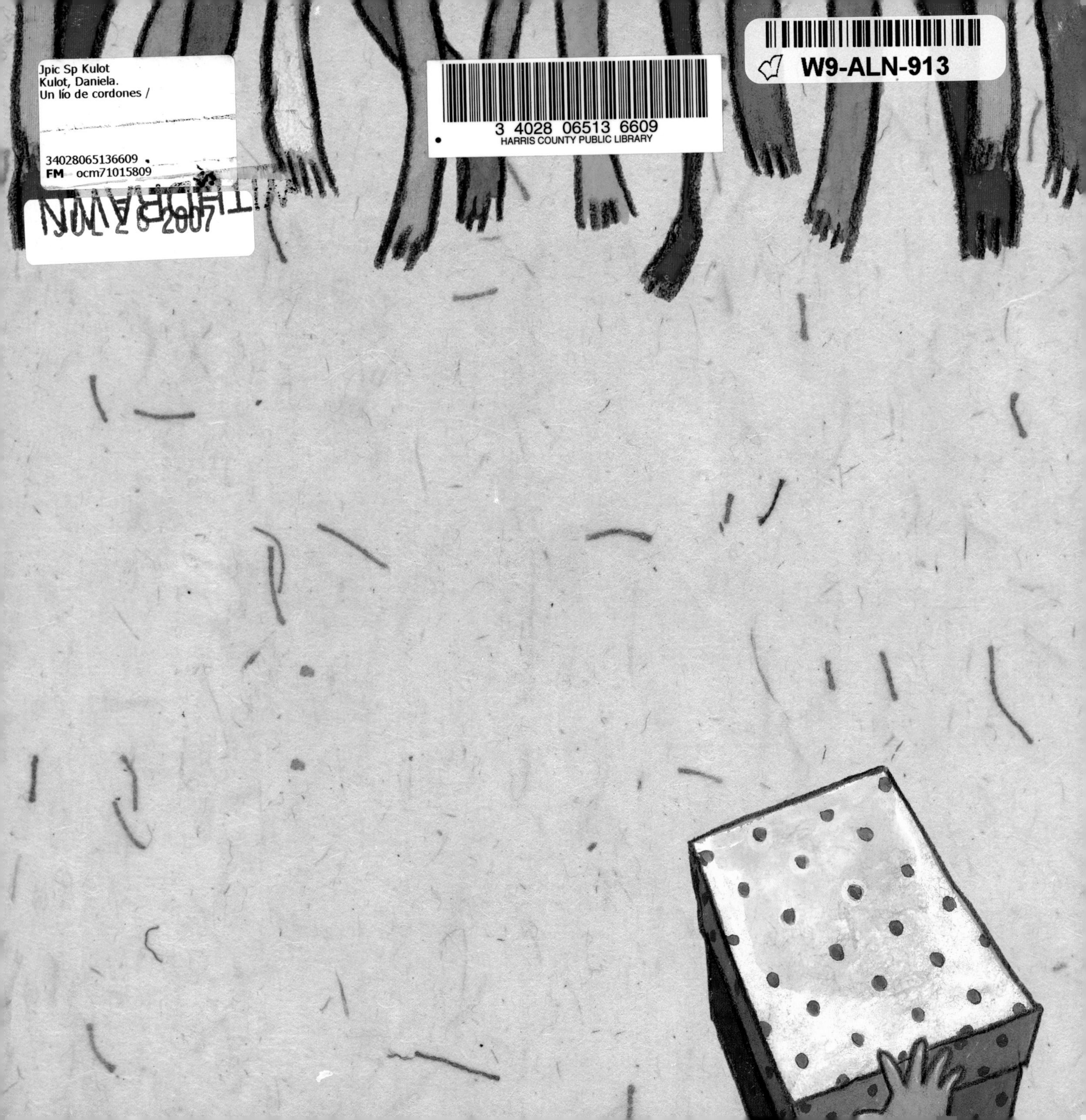

Título original: Mama hat was mitgebracht, 2005

© de la edición original: Thienemann Verlag, 2005
© del texto y de las ilustraciones: Daniela Kulot, 2005
© de la traducción: Susana Fernández, Chema Heras, 2006
© de esta edición:
Faktoría K de libros, 2006
Urzaiz, 125 bajo - 36205 Vigo
Telf.: 986 127 334
faktoria@faktoriakdelibros.com

Primera edición: febrero 2006
Impreso en C/A Gráfica. Vigo

D.L.: PO-60-06
ISBN: 84-934641-7-1

Daniela Kulot

Un lío
de cordones

FAKTORIA K DE LIBROS

La mamá de Laura acaba de llegar a casa.

"Toma, te traigo un regalo".

"¡Huy! ¡Qué bonitos!", dice Laura.

"¡Unos zapatos rojos! ¡Dos! Uno para cada pie".

Entonces Laura se da cuenta de que...
¡son zapatos de cordones!

Y por eso ya no le gustan.
Aún no sabe atarse los cordones.

"Venga, inténtalo", le dice su mamá.
Pero a Laura le resulta muy difícil.

Todos los niños de su clase saben atarse los cordones, menos ella.

Así que decide ponerse sus zapatos viejos.
Sólo tiene que meter los pies y ya está.

"Ahora tengo que esconder los zapatos nuevos
en algún sitio donde mamá no los pueda encontrar".

Se le ocurre una idea: "¡Al desván, rápido!".

Allí arriba hay un montón de cajas con la ropa de cuando ella era bebé.
Y todas son como la suya.

Laura pone la caja de zapatos al lado de las otras.
¡Pero falta algo!

Busca hasta que encuentra una cinta roja.

Coloca la cinta alrededor de la caja,
le hace una lazada y la deja junto a las demás.

"Ahora todas las cajas son iguales", piensa Laura.
"¡Mamá no va a encontrar nunca los zapatos!".

"¡Laura!".

Ahí está su mamá, de pie a la puerta del desván.

"¿Qué has hecho aquí, Laura?", pregunta la mamá.
"Pues... una lazada... ¡he hecho una lazada!".

Laura está muy satisfecha.
¡Ya sabe hacer lazos!

Entonces se prueba sus zapatos nuevos.
Primero intenta atarse un cordón.

"¡Lo he conseguido!", dice Laura.

Luego intenta con el otro...
"¡Ya sé atarme los cordones!", grita muy contenta.

Al día siguiente, Laura está encantada
¡con sus zapatos de cordones!

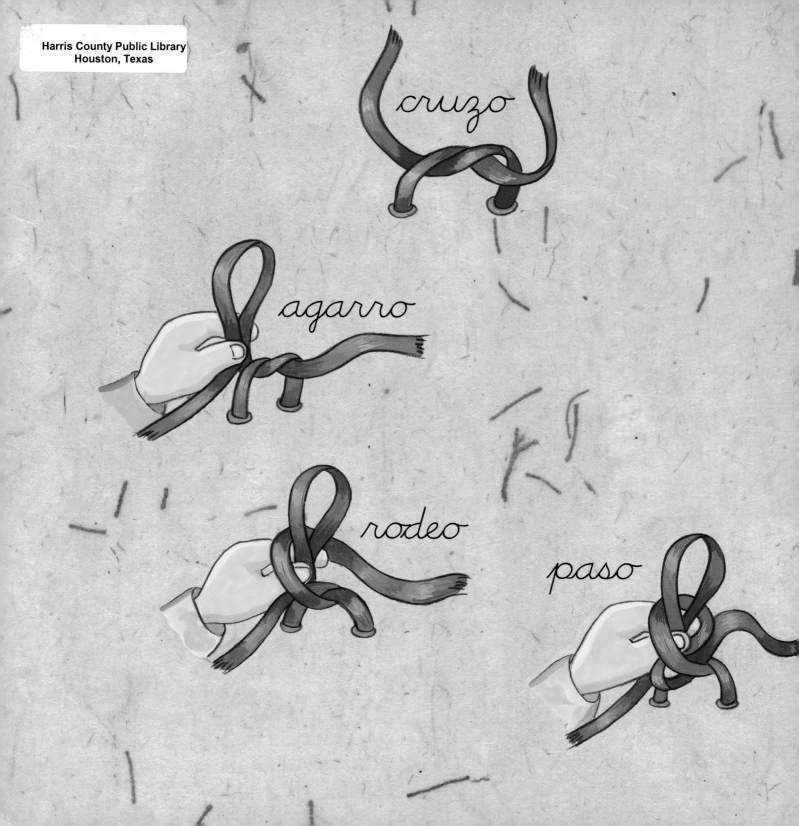